CONSENTEMENT.

JE n'empêche l'Impreſſion de la preſente Comedie de l'*Heureux Naufrage*. Fait à Lyon ce 18. Août 1710.

AUBERT.

PERMISSION.

PErmis d'Imprimer à Lyon le 28. Août 1710.

DUGAS.

Et ſe vend , A LYON,

Chez ANTOINE BRIASSON , ruë Merciere , au Soleil.

M. DCCX.

LES SOIRÉES D'ÉTÉ.

COMEDIE.

Mise au Téatre par Mr. Barbier.

REPRESENTE'E A LYON POUR LA premiere fois , le 4. Octobre 1710. par la Troupe du Sieur Dominique , dans la Sale de l'Opera , en Belle-Cour.

ACTEURS.

Mr. BRUSCAREL , Bourgeois.

ANGELIQUE, Femme de Mr. Bruscarel.

MARIANNE , Fille de Mr. Bruscarel, Promise à Mr. Georget.

VALERE , Amoureux d'Angelique.

LEANDRE , Amoureux de Marianne.

Mr. GEORGET , Bourgeois.

ARLEQUIN , Intriguant.

MEZZETIN , Valet de Valere.

SCARAMOUCHE , Valet de Leandre.

PIERROT , Valet de Mr. Bruscarel.

MARINETTE , Servante de Mr. Bruscarel.

UNE SERVANTE.

UN GARCON , Portant une Lanterne.

CLARICE. } Bourgeoises.
LUCINDE

MIRTIL , Berger chantant.

DORIS , Bergere chantante.

LE DIABLE D'ARGENT.

LA FORTUNE.

Deux Garçons & deux Servantes de Cabaret, Dansans au premier Intermede.

Un Ivrogne dansant au I I. Intermede.

La Scene est dans une Place Publique.

LES SOIRÉES
D'ÉTÉ.
COMEDIE.

ACTE PREMIER.

SCENE PREMIERE.

ARLEQUIN *seul se promenant.*

Déjà le beau Phœbus loin de nôtre Emis-
phère
S'est allé repofer dans fon gîte ordinaire,
Et plus haraffé qu'un Chaffeur
Qui tout le jour a fait une rude abftinence,
Il a laiffé le foin à Madame fa Sœur
De briller pendant fon abfence.
A la faveur de fa clarté

A ij

Une heureuse tranquilité
Donne à ces lieux charmans une beauté nouvelle,
Les plus tendres plaisirs s'y trouvent tour à tour.
　　Et pour finir les soins du jour
　　Venus y ramene avec elle
　　Les ris, les graces, & l'amour.
Pour lui faire la Cour, dans ces belles retraites
Un doux penchant conduit mille objets pleins
　　d'apas,
Et j'aperçoi déja venir au petit pas
De brillans pelotons de fringantes Coquettes,
De bourdonnans essains de conteurs de sornettes,
　　Des meutes de tendres Amans,
　　Qui comme des Barbets fidelles
　　Suivent à la piste leurs Belles
　　Pour épier d'heureux momens.
(*Le reste de cette Scene & la suivante jusques*
à la Prose, sont de Mr Dominique.)
Je ne m'étonne plus voïant tant de beau monde
Si les Comediens gagnent si peu d'argent :
　　En ces lieux charmans tout abonde,
Et chez eux, par malheur, on ne va pas souvent.
J'en sçai bien la raison : ici l'on se promene
　　Sans qu'il en coûte jamais rien ;
Mais pour voir Arlequin badiner sur la Scene
Il faut païer comptant il n'est que ce moïen ;
D'ailleurs on joüe ici bien des Piéces nouvelles
Que l'on compose en un moment,
　　Ce sont des Scenes naturelles,
Et qui sans l'action n'ont aucun agréement . . . . .
Mais voici, ce me semble, une petite Actrice
Qui repéte son Rôle en faisant quelques tours,
Elle vient, je la vois sortir de la coulice
Elle me fournira matiere de discours.
Aprochons. . . . . male-peste elle est toute charmante.
Quelque amoureux dessein en ces lieux la conduit

Je voudrois dans quelque réduit
Lui donner de mes feux une preuve éclatante
Et joüer avec elle une Scene de nuit.

SCENE II.

ARLEQUIN, MARINETTE.

ARLEQUIN.

MAdame pourroit-on avec vôtre licence
   Vous demander... quelle heure il est ?
   Je suis dans une impatience
De.... vous m'entendez bien....répondez s'il vous
  plait.

MARINETTE.

Je ne sçai pas, Monsieur, ce que vous voulez dire;
Mais helas, je sens bien que vous voïant si beau
Cupidon dans mon cœur alume son flambeau,
   Et que malgré moi je soupire.

ARLEQUIN bas.

Elle en tient tout du long; je sçai bien m'adresser,
Et la Piéce, ma foi, va bien-tôt commencer.
    (A Marinette.)
Madame, sans façon, expliquez vôtre chance :
   Je suis ennemi des délais ;
   Si vous voulez entrer en danse
   Je m'engage à païer les frais.

MARINETTE.

Que vous êtes fougueux! quoi donc sans me connêtre
Vous voulez dans mon cœur trouver un libre
  accés ?

ARLEQUIN.

Ah, je me rens juftice , & je n'ai qu'à parêtre
     Pour me flater d'un tel fuccés.
Oüi , ma Belle , l'amour a rôti ma poitrine :
Je fens auprés de vous.... je ne fens pas trop bon;
Je fens que je vous aime autant que la Cuifine
Et c'eft là vous aimer d'une étrange façon.
De grace , aprenez-moi vôtre nom.

MARINETTE.

             Marinette.

ARLEQUIN.

    Que vous êtes belle , & bien faite !
Aimable , Marinette , objet de tous mes vœux
     Helas ! que je ferois heureux
Si je pouvois un jour faire une marinade ,
     Et de vôtre amour , & du mien :
Le vinaigre , ma foi , ne vous couteroit rien;
J'en affaifonnerois mainte ; & mainte falade.

MARINETTE.

     Ah ! que vos termes font touchants !
Oüi , je me vois forcée à vous rendre les armes ,
     Et pour refifter à vos charmes
     Mes éforts feroient impuiffans :
Déja vos yeux perçans me donnent la jauniffe ,
     Et vous triomphez de mon cœur ;
Mais , helas ! je voudrois adorable Narcifle,
     Sçavoir le nom de mon vainqueur.

ARLEQUIN.

Ma Belle , avec plaifir je vais vous fatisfaire.
Arlequin Shufadel eft le nom glorieux
     Que ma laiffé défunt mon Pere ,
Et qu'ofent s'adapter plufieurs ambitieux
Qui pour porter ce nom dont ils font envieux
     N'ont pas le talent néceffaire.

MARINETTE.

Gracieux Arlequin , aimable Marmiton,

Qui lardez par vos yeux le poulet de mon ame
Sans craindre le *Qu'en dira-t'on*
Je veux brûler pour vous d'une fidelle flame :
Vous avez de mon cœur piqué le Peloton,
Je veux jusqu'au tombeau vous aimer.

ARLEQUIN.

                   Ah, Madame,
Par ma foi, vous mettez ma pudeur hors des gôds.
      Pour moi , je vous dirai , la Belle,
Que vous avez fixé mes soupirs vagabonds .
      Et que semblable aux Papillons
Atiré par l'éclat de vos charmans raïons
      Mon cœur se brûle à la chandelle.

MARINETTE.

Helas, dépuis long-tems il me manque un Epoux?

ARLEQUIN.

Helas, dépuis long-tems il me manque une Féme!

MARINETTE.

Ah! si j'en trouvois un que mon sort seroit doux !

ARLEQUIN.

Je vous épouserai si vous voulez , Madame.

MARINETTE.

Je vous prens au colet , & tout ce qui s'en suit.

ARLEQUIN.

Ah ! *Concedo Totum* : Je tôpe à l'esclavage ;
      Allons vîte nous mettre au lit.

MARINETTE.

Songeons auparavant à fonder le ménage.

ARLEQUIN.

Je n'aurois jamais crû, j'ose ici l'avancer ;
Que l'on eût en ces lieux parler de Mariage :
Ici l'on ne conclud que pour le badinage,
Et l'exemple nouveau que je viens de tracer
      N'est ma foi guéres en usage ;
N'importe j'y souscris, & dût-il à mon front
Arriver au plûtôt quelque sinistre afront

Je ne recule point : ma parole est donnée,
Et si d'un bois commun ma tête est couronnée
Sans me plaindre jamais des destins ennemis
J'irai me consoler avec tous les maris.

*MARINETTE.

Si tu reçois du Ciel cette triste influence
Mon cher, je te jure ma foi
Que je ferai pleuvoir sur toi
La corne d'abondance.
Adieu, cher Arlequin.

ARLEQUIN.

Adieu charmant écüeïl
Qui brise le vaisseau de mon indiférence.

MARINETTE.

Adieu, mon petit Ecureüil.

ARLEQUIN.

Adieu, ma charmante Doguine.

MARINETTE.

Adieu, mon Poulet, mon Raton.

ARLEQUIN.

Adieu, mon aimable Sardine.

MARINETTE.

Adieu, joli Colimaçon.

ARLEQUIN.

Adieu, de mes desirs succulente compôte.

MARINETTE *s'en allant.*

Adieu ma Ciboulette.

ARLEQUIN.

Adieu mon Échalote.
(*Seul.*)
Ma foi, me voilà pris, & chacun à son tour
Fait tôt ou tard une folie ;
Marinette est assez jolie,
L'himen suivra de prés l'amour,
Et du grand Dieu Vulcain j'augmenterai la Cour;

Mais ce n'est pas tout: Marinette m'a dit qu'il falloit songer à fonder le ménage ; elle n'a rien , je
n'ai rien non plus , & vouloir unir deux *riens* ensemble, c'est vouloir , comme on dit , marier la
faim avec la soif ; mais de quoi me vais-je em-
barrasser ! Est-il de meilleur métier que celui d'a-
voir une jolie femme ? Combien de gens ont fait
fortune qui n'ont jamais eu d'autre métier que
celui-là ? N'importe ; pour faire les choses avec plus
d'honneur , ne négligeons point les talens que j'ai
reçûs du Ciel , & puisque nous sommes en Ville
fournie, tâchons de jetter aux dépens de quelque
dupe les premiers fondémens de nôtre établisse-
ment. Je vais dans les Cabarets d'alentour chercher quelqu'un de mes Camarades qui veüille me
seconder dans une si belle entreprise.

(En s'en allant il rencontre Scaramouche, & ils
tombent tous deux.)

SCENE III.

SCARAMOUCHE, ARLEQUIN.

SCARAMOUCHE.

AU Diable soit le lourdaut.
ARLEQUIN.
Que la peste vous créve : que faites-vous là ? aussi.
SCARAMOUCHE.
Si vous voulez vous casser le nés pouvez-vous
pas vous le casser ailleurs que contre le mien ?
ARLEQUIN.
Et bien ôtez de là vôtre nés.

SCARA...OUCHE.

Arlequin eſt-ce toi ?

ARLEQUIN.

Ah, Scaramouche ! Je te rencontre fort à propos.

SCARAMOUCHE.

Ne m'arrête pas : Je ſuis preſſé.

ARLEQUIN.

Tu n'as rien de plus preſſé que ce que je te veux propoſer : Sui-moi.

SCARAMOUCHE.

La peſte, que je m'en garderai bien , à moins que ce ne ſoit pour aller vite boire Chopine.

ARLEQUIN.

Chopine, Pot, Semaize, & toute la Barrique ſi tu veux; mais il faut venir avec moi.

SCARAMOUCHE.

Bien loin ?

ARLEQUIN.

A quatre pas.

SCARAMOUCHE.

Non, je n'ai pas le loiſir : Je cherche quelqu'un qui veuille gagner ce ſoir une trentaine de Piſtoles , adieu ne m'arrête pas.

ARLEQUIN.

Male-peſte, une trentaine de Piſtoles !

SCARAMOUCHE.

Si tu es encore ici quand j'aurai fini mes afaires nous boirons enſemble.

ARLEQUIN.

Ah, Scaramouche , vous voulez faire gagner à quelqu'un trente Piſtoles ?

SCARAMOUCHE.

Oh, cela ne te conviendroit pas à toi : tu n'aimes pas l'argent.

ARLEQUIN.

Comment, Diable, je n'aime pas l'argent ! C'eſt comme qui diroit que je n'aime pas le vin.

SCARAMOUCHE.

Tout de bon?voïons. Serois-tu difposé à faire une petite fourberie. Marche un peu devant moi que je t'éxamine.

ARLEQUIN *marche gravement en fe donnant des airs.*

SCARAMOUCHE.

Non : Je vois quelque chofe dans ta Phifionomie qui marque que tu aimes trop à parler.

ARLEQUIN.

Et voilà ce qui te trompe : C'eft mon moindre défaut. Par exemple j'ai vingt fois été furpris à faire des friponneries , autant de fois j'ai eu l'avantage de recevoir cent coups d'étrivieres ; cependant ame qui vive que toi ne pourra fe vanter de m'en avoir entendu parler.

SCARAMOUCHE.

Et bien , j'aime autant te donner la pratique qu'à un autre. J'ai d'ailleurs l'honneur de te connoître pour le plus grand fripon qui foit dans la Ville, & dans cette ocafion, Monfieur, je ferai fort heureux d'avoir une perfonne de vôtre mérite. (*Il lui fait de grandes révérences.*)

ARLEQUIN.

Ne Jafons point tant, & fçachons de quoi eft la triomphe.

SCARAMOUCHE.

Tu connois Mr Leandre mon Maître ?

ARLEQUIN.

Oüi.

SCARAMOUCHE.

Il eft amoureux de Mademoifelle Marianne, Fille de Mr Brufcarel.

ARLEQUIN.

De ce petit Mr Brufcarel, qui depuis peu à l'âge de 60. ans a époufé une Femme de vingt & deux ?

SCARAMOUCHE.

C'est lui-même. Il s'est coëfé d'un certain Be-
nêt qui se nomme Mr Georget, & qui à ce qu'on
dit est fort riche, il ne veut pas donner sa Fille à
mon Maître, & de cette façon . . . .

ARLEQUIN.

J'entens à demi mot ce que c'est. Ton Maître
voudroit Epouser Marianne.

SCARAMOUCHE.

Te voilà au fait.

ARLEQUIN.

Et Marianne aime-t-elle ton Maître ?

SCARAMOUCHE.

Ce n'est pas ce qui nous inquiéte. Elle a de
cela . . . .(*Il fait comme s'il comptoit de l'argent.*)
& c'est tout ce que nous voulons;elle a coutume
d'être par ici tous les soirs, son nigaud d'Amant
ne manque pas de s'y trouver,mon Maître doit s'y
rendre, & c'est à nous à travailler pour gagner ce
qu'on nous a promis.

ARLEQUIN.

Oüi, je vais travailler ; que rien ne t'embarrasse :
Pour gagner de l'argét il n'est rien qu'on ne fasse.
Bruscarel à nos soins en vain s'oposera.
En dépit de Georget & de toute sa race,
Nous aurons Marianne ou le Diable l'aura.

(*Ils s'en vont.*)

SCENE

SCENE IV.

VALERE, MEZZETIN.

VALERE.

NOn, ne m'en parle plus : Je renonce à l'a-
mour pour toute ma vie.

MEZZETIN.

Le Ciel en soit loüé : il est bien tems que vous
deveniez sage.

VALERE.

Garde-toi, sur toutes choses, de prononcer jamais en ma présence le nom d'Angelique.

MEZZETIN.

Vous n'atendrez pas que je vous en parle.

VALERE.

Tu sçais ce que j'ai fait pour elle.

MEZZETIN.

Qui ne le sçait pas ? vous le dites à tout le
monde.

VALERE.

Dés à présent je la haïs, je la déteste, & je veux
perdre d'elle jusques au souvenir.

MEZZETIN.

Chansons.

VALERE.

Ce ne sont point des Chansons.

MEZZETIN.

Hai, hai, je vous connois.

VALERE.

Tu me connois mal.

B

MEZZETIN.

Nous en avons bien vû d'autres.

VALERE.

Pour te montrer que c'est tout de bon , je ne veux plus parêtre dans les lieux où je pourrois la voir.

MEZZETIN.

Vous ne pourrez jamais vous en passer.

VALERE.

Et pour l'oublier entiérement , dés demain je me jette à corps perdu dans la débauche.

MEZZETIN.

Bon.

VALERE.

Dans la crapule.

MEZZETIN.

Fort bien.

VALERE.

Dans le Jeu.

MEZZETIN.

Voilà le moïen de la punir.

VALERE.

Dans toute sorte d'égaremens, dans toute sorte d'excés, dans le dernier desordre , & .....

MEZZETIN.

Et dans la Riviere.

VALERE.

Dans la Riviere? à quelque sot: ne crois pas que ses mépris me tiennent si fort au cœur.

MEZZETIN.

J'en suis persuadé.

VALERE.

Je veux que tu sois témoin de la maniere dont je romprai avec elle , & je vais en ta présence lui dire tout ce que le dépit m'inspirera de plus piquant.

MEZZETIN.

Vous n'aurez jamais la force.

VALERE.

Je veux..... Mais non ..... Je pourrois peut-être..... Il vaut mieux que tu lui difes de ma part.

MEZZETIN.

Qu'à cela ne tienne : Je porterai la parole.

VALERE.

Il faudra lui parler comme elle mérite.

MEZZETIN.

Laiffez faire : Je lui laverai la tête d'un Diable d'air.

VALERE.

Je te le permets.

MEZZETIN.

Je lui dirai d'abord trés-ferieufement qu'elle aille au Diable, & que nous ne voulons plus rien avoir à faire avec elle.

VALERE.

Cela eft vrai.

MEZZETIN.

Elle fera furprife ; elle croira que je plaifante, elle me demandera la raifon ; Madame, lui dirai-je alors, la grande raifon, c'eft que nous ne voulons pas ; mais vous ne voulez pas ? non, nous ne voulons pas, c'eft affez dit;& fi jamais il vous arrive de nous regarder entre les deux yeux, vous êtes affurée d'avoir vingt coups de pieds dans le ventre.

VALERE.

Le compliment eft un peu Cavalier!

MEZZETIN.

Il eft un peu Cavalier; mais il eft naturel. Tenez, Mr, quand on veut rompre avec les gens, il faut s'expliquer clair & net en peu de paroles.

B ij

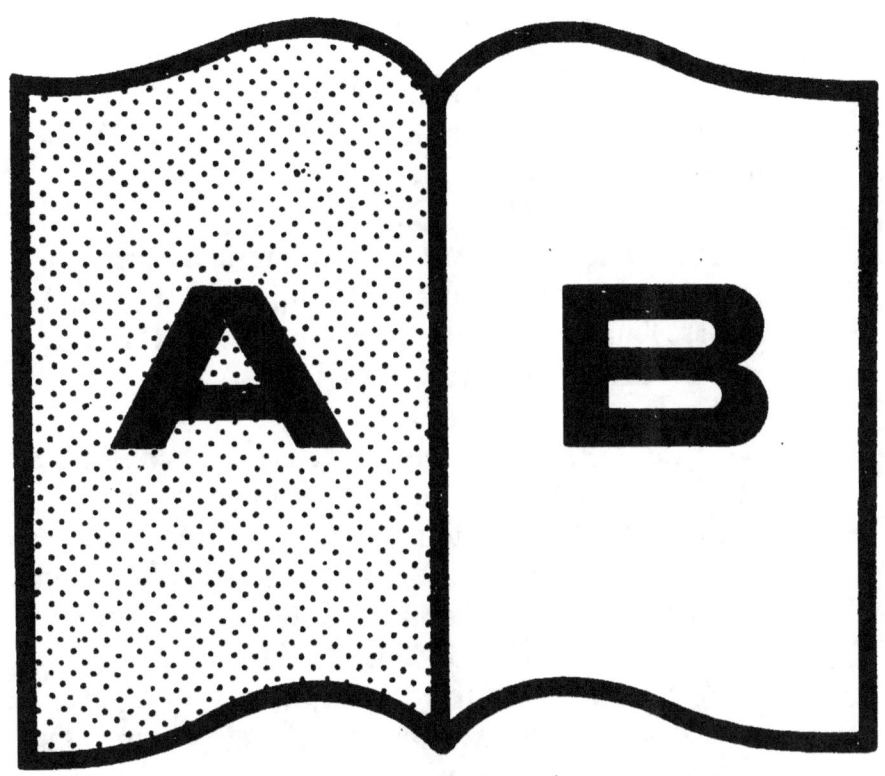

Contraste insuffisant

NF Z 43-120-14

VALERE.

Fais comme tu l'entendras.

MEZZETIN.

Mais aprés un pareil compliment , si comme cela peut soxt bien arriver vous vous racommo-dez avec Angelique.

VALERE.

Non : Si jamais tu me vois démentir les fenti-mens où je fuis......

MEZZETIN.

Mon Dieu , ce n'est pas la premiere fois que nous vous avons vû fur la moindre vétille , jurer contre l'amour , pefter contre vôtre Belle , & la donner mille fois à tous les Diables.

VALERE.

Quoi ? tu me croirois capable de conferver quelque atachement pour une volage qui malgré mille fermens a pû fe refoudre à me manquer de foi , & à époufer un homme ..... grands Dieux quel homme... Tu connois Monfieur Brufcarel.

MEZZETIN.

Que peu de chofe vous inquiéte ! ne fçavez-vous pas qu'une femme mariée eft comme une Maifon dont le Proprietaire n'ocupe que le plus petit apartement.

VALERE.

Je lui pardonnerois encore fi elle m'avoit pré-feré un homme qui eut quelque mérite ; mais un mâgot.......

MEZZETIN.

Aprés les premiers jours une femme a toutes les peines du monde de ne pas fe dégouter de l'é-poux le plus acompli; quels doivent être fes fenti-mens quand elle eft obligée de vivre avec un pe-tit malotrû comme celui qui vous tient en cer-velle? fi vous entendiez un peu vôtre monde vous fçauriez que c'est alors qu'il y fait bon.

VALERE.

Tout ce que tu dis ne ſçauroit excuſer une
infidelité de laquelle l'interêt ſeul eſt la cauſe :
Bruſcarel eſt fort riche......

MEZZETIN.

Et vous êtes fort gueux, ah ! la charmante re-
ſource pour un Amant comme vous, qu'une jolie
femme qui a malgré elle épouſé un riche vieillard !
Morbleu, vous ne ſçavez pas connêtre vôtre bonheur; & ſi vous n'étiez pas ſi fort prevenû contre
Angelique, on pourroit peut-être encore....

VALERE.

Quoi, que veux-tu dire ?

MEZZETIN.

Mais, que ſçai-je ? on pourroit trouver quelque
moïen de rompre les meſures que le mari prend
pour vous la cacher...

VALERE.

Mezzetin....

MEZZETIN.

Mais il n'y faut pas penſer: vous ne voulez plus
lui parler.

VALERE.

Tu pourrois me lui faire parler ?

MEZZETIN.

Sans doute ; mais vous ne voulez plus penſer à
elle.

VALERE.

Ce n'eſt pas ce que je dis. Pourrois-je par ton
ſecours.....

MEZZETIN.

Oh, bon, pour un Empire vous ne démentiriez
pas vos ſentimens.

VALERE.

Répons juſte à ce que je te demande. Par
quelle induſtrie pourrois-tu.....

B iij

MEZZETIN.

Je ne dois plus songer qu'à lui chanter poüille de vôtre part.

VALERE.

Il ne faut rien précipiter ; songe plûtôt . . . . .

MEZZETIN.

Et vous n'êtes pas homme à courir aprés un cœur qu'on a pù vous ôter.

VALERE,

Sçais tu qu'à la fin tes sotes railleries commencent à m'importuner ?

MEZZETIN.

D'abord que vous vous fâcherez je n'en suis plus.

VALERE.

Et bien parle moi raisonnablement. Avant que de rompre tout à fait avec Angelique , fais en sorte que je puisse lui parler.

MEZZETIN.

Adieu les sermens. Laissez faire j'ai pitié de vous. Voici à peu prés l'heure que les Dames sortent de chez elles pour venir prendre le frais sous ces Arbres, suivez moi, & comptez que tout ira bien.

_____

SCENE V.

Mr. BRUSCAREL *sortant de sa Maison.*

QUe veut dire ceci? J'ai crû que tout le monde étoit couché dans ma Maison ; j'ai beau
apeller personne ne repond , ma femme n'est pas
dans ma Chambre , & je trouve la Porte de la
Ruë ouverte! Hola, quelqu'un, Pierrot. (*Il donne
plusieurs coups contre la Porte.*) Pierrot.
PIERROT *au haut de la Maison , bâillant & se
frotant les yeux.*

Il m'a semblé d'entendre du bruit dans la Maison; j'ai crû m'être trompé,& pour cet éfet je me
suis éveillé pour voir si je dormois; mais comme
j'ai vû que je n'entendois rien je me suis rendormi.
Cependant . . . . .

Mr. BRUSCAREL.
Pierrot. (*Il frape encore à la Porte.*)

PIERROT.
Oh, oh. Qui est l'ivrogne qui fait carillon à
nôtre Porte ? Parle donc, eh, si je déssens . . . . .

Mr. BRUSCAREL.
Pierrot.

PIERROT.
Et bien Pierrot, qu'est-ce que tu veux?

Mr. BRUSCAREL.
Viendras-tu? quand je t'apelle.

PIERROT.
Et qui es-tu toi?

Mr. BRUSCAREL.
C'est moi.

PIERROT.

Qu'est-ce que cela me fait ?

Mr. BRUSCAREL.

Tu ne connois pas ton Maître ?

PIERROT.

Si fait, mon Maître s'apelle Mr. Bruscarel, un petit bourru, un petit vilain, un....

Mr. BRUSCAREL.

Coquin, je te dis que c'est moi.

PIERROT.

Toi ? mon Maître.

Mr. BRUSCAREL.

Oüi, moi.

PIERROT.

Mon Maître à ces heures n'est pas dans les Ruës : Pour épargner la chandelle il se couche, & fait coucher toute la Maison dés les huit heures.

Mr. BRUSCAREL.

Si je prens un Bâton....

PIERROT *bas.*

Ce pourroit être lui : voilà à peu prés de son stile.

Mr. BRUSCAREL.

Et bien ?

PIERROT.

On y va.

Mr. BRUSCAREL.

Que j'ai d'envie de te rosser !

PIERROT *revenant à la Fenêtre.*

Oüi deà. Passez vôtre envie pendant que je n'y suis pas.

Mr. BRUSCAREL.

Sans tant de raisons veux-tu défendre ? Fiez-vous à ces canailles de Valets ! on emporteroit la Maison qu'ils ne l'entendroient pas ; après cela il ne faut rien dire. Viendras-tu ?

PIERROT.

Vous voilà bien preßé! vous ne donnez pas aux gens le tems de s'éveiller.

Mr. BRUSCAREL.

Où eſt ma Femme ?

FIERROT.

Où elle eſt ? Mais... ſi elle n'eſt pas rentrée elle eſt encore dehors.

Mr. BRUSCAREL.

Comment, eſt-ce qu'elle eſt ſortie ?

PIERROT.

Oüi, Monſieur; je ne ſçai où elle eſt allée; mais je m'en doute.

Mr. BRUSCAREL.

Ma Femme hors du Logis à ces heures ! Je veux ſçavoir où elle eſt.

PIERROT.

Vous croïez que je vous le vas dire ! vous ne ſçavez donc pas que je ſuis païé pour garder le ſecret ?

Mr. BRUSCAREL.

Ceci paſſe la raillerie; je prétens que tu parles, ou tu ſeras roüé de coups.

PIERROT.

Bagatelles : plus on me bat, moins je parle.

Mr. BRUSCAREL.

J'aurai du moins le plaiſir de t'aſſommer.

PIERROT.

Tenez, Monſieur, ceux qui me païent pour ne rien dire, ne me païent pas à coups de Bâton ; mais ſi vous voulez être raiſonnable tant tenu tant païé, j'aime autant vôtre pratique que celle d'un autre.

Mr. BRUSCAREL.

Et bien, dis-moi, combien faut-il pour te faire parler ?

PIERROT.

Plus ou moins selon que la chose est de conséquence. Par exemple, avez-vous beaucoup d'envie
de sçavoir ce que je ne veux pas vous dire ?

Mr. BRUSCAREL.

J'enrage de le sçavoir.

PIERROT.

En ce cas là il me faut donner beaucoup d'argent.

Mr. BRUSCAREL.

Je n'en ai pas sur moi ; mais je te promets une
Piéce de quatre sols..

PIERROT.

Oh, le petit vilain! Ce que j'ai à vous dire vaut
plus d'une Pistole..

Mr. BRUSCAREL. *bas.*

Il faut que la chose soit de conséquence. (à
Pierrot.) Et bien je te promets une Pistole.

PIERROT.

Vous êtes bien heureux de ce que j'aime à parler; un autre Valet ne vous feroit pas si bon mar-
ché.

Mr. BRUSCAREL.

Tire moi d'inquiétude.

PIERROT.

A condition que vous n'en direz rien.

Mr. BRUSCAREL.

Je te le promets.

PIERROT.

Car , voici comme je raisonne. Quand on ne
sçaura pas que je vous l'ai dit; on me païera toûjours pour ne rien dire; Or comme vous me païe-
rez pour me faire parler, je gagnerai des deux
côtez , vous voïez donc qu'il iroit de la conscience à m'empêcher de faire mes petites afaires.

Mr. BRUSCAREL.

Dépêche donc de me dire . . . .

PIERROT.

Promettez-moi aussi que vous ne vous fâcherez pas.

Mr. BRUSCAREL.

Oh, tu me fais deselperer. Non, je ne me fâcherai pas.

PIERROT.

Cela étant je vous dirai . . . . . .

Mr. BRUSCAREL.

Quoi ?

PIERROT.

Que vous êtes un fou.

Mr. BRUSCAREL.

Impertinent !

PIERROT.

Ai-je pas dit ? que vous vous fâcheriez.

Mr. BRUSCAREL.

Mais tu pers le respect.

PIERROT.

Oh , respect ou non respect je vous dirai donc tout franc, qu'il faut avoir perdu l'esprit pour croire qu'une jeune femme comme la vôtre puisse demeurer toûjours chez elle, & pour vouloir l'empêcher de faire par-ci par-là quelques petites échapées quand l'ocasion se présente.

Mr. BRUSCAREL.

Ce n'est pas ce que je demande; je veux sçavoir où elle est allée.

PIERROT.

Oh , Dame , elle est allee où elle va tous les soirs.

Mr. BRUSCAREL.

Mais encore ?

PIERROT.

Vous fçavez que tous les foirs quand vous avez foupé, fauf-correction, vous vous endormez comme un Cochon.

Mr. BRUSCAREL.

Venons au fait.

PIERROT.

Or donc, quand vous êtes endormi, voilà la femme de Chambre de Madame qui ouvre la Porte tout doucement de peur de vous éveiller; d'abord il vient un certain jeune Monfieur qui fe gliffe dans la Chambre voifine de la vôtre. Madame fait femblant d'aller prendre l'air à la fenêtre, & là elle jafe avec le Monfieur pendant que la femme de Chambre fait le guet pour les avertir au cas que vous vous éveillez.

Mr. BRUSCAREL.

La Carrogne ! Je veux la mettre dehors.

PIERROT.

Vous ferez bien : J'aurai fon emploi, & je gagnerai davantage.

Mr. BRUSCAREL.

Oh, parbleu, je voudrois bien me rencontrer quelque jour nés à nés avec ce Godelureau, je lui demanderois un peu..... ce qu'il vient faire avec ma Femme.

PIERROT.

Diable ! qu'il ne vous le diroit pas; mais quand ils ont bien jafé, Madame fait cacher le Monfieur, & puis elle vient vous éveiller en vous difant : *Va te coucher mon Poulet tu te fais mal de dormir comme cela.* Alors fans vous douter de rien vous vous étendez, vous bâillez, vous vous allez coucher, & vous envoïez coucher tout le monde ; & voici le meilleur.

Mr. BRUSCAREL

Mr. BRUSCAREL *ba.*

Et c'est le pire, de par tous les Diables.

PIERROT.

Et quand vous êtes couché, Madame va tirer le
Galant de sa niche, & ils sortent tous deux.

Mr. BRUSCAREL.

Et où vont-ils?

PIERROT.

Dame, je n'en sçai rien ; il faut qu'ils aillent
Diablement loin : Car ils ne reviennent jamais
qu'il ne soit une heure aprés minuit.

Mr. BRUSCAREL.

Aprés,

PIERROT.

Aprés, aprés; que Diable voulez-vous davantage ? aprés, Madame dit qu'elle est fatiguée ; il me
semble qu'il est bien tems à ces heures-là d'aller
dormir.

Mr. BRUSCAREL.

Et ma Fille que dit-elle de voir tout cela ?

PIERROT.

Qui? Mademoiselle Marianne ? oh, Diable, c'est
une Fille trop bien élevée pour trouver à redire
à ce que fait sa Belle-Mere. Elle ne dit mot; mais
d'abord que Madame est sortie, elle prend Marinette par dessous les bras, & elles s'en vont aussi.

Mr. BRUSCAREL.

Voïez ces Coquines ! aller courir comme cela
de nuit toutes seules !

PIERROT.

Voilà-t'il pas que vous vous éfarouchez d'a-
bord sans sçavoir les choses ! Elles ne vont pas
seules: Car il y a tous les soirs un jeune drôle qui
les atend au coin de la prochaine Ruë.

Mr. BRUSCAREL.

Oüi deà ? voilà un fort plaisant manége. Oh ,

C

parbleu, j'y mettrai bon ordre ; rentre : Je veux
faire un tour, ne te couche pas que je ne revienne.

PIERROT.

Où Diable voulez-vous aller? que dira-t'on de
voir à ces heures un homme de vôtre âge dans
les Ruës comme un freluquet ?

Mr. BRUSCAREL.

J'ai mes raisons : ma Femme, & ma Fille sont
par là quelque part à lever le nés ; je veux les sur-
prendre avec leurs Galans.

PIERROT *l'arrêtant.*

Et c'est justement ce que je ne veux pas : Ils se
passeront bien de vous pour ce qu'ils ont à faire.

Mr. BRUSCAREL,

Laisse-moi.

PIERROT.

Rentrez.

Mr. BRUSCAREL.

Je ne veux pas.

PIERROT.

Rentrez vous dis-je.

Mr. BRUSCAREL.

Je me fâcherai.

PIERROT.

J'aime mieux que vous vous fâchiez que si
vous vous enrhumez.

Mr. BRUSCAREL.

Si tu ne me laisse aller je te donnerai sur les
oreilles.

PIERROT.

Et je vous permets de me donner sur les oreilles
si je vous laisse aller.

Mr. BRUSCAREL.

Quoi donc? ne suis-je pas le Maître ?

PIERROT.

Oüi, vous êtes le Maître ; mais c'est Madame
qui est la Maîtresse.

Mr. BRUSCAREL.

Pour te faire voir que je n'entens pas raillerie,
c'eſt que dés demain tu paſſeras la Porte.

PIERROT.

Et bien, ſi Madame veut que je la paſſe, je la
paſſerai.

Mr. BRUSCAREL *lui allant aprés.*

Comment fripon tu m'empêcheras de faire ce
qu'il me plait? Je vais te montrer tout à l'heure...
(*Il court aprés lui & tombe.*)

PIERROT *ſur la Porte.*

Allez pour rentrer il faudra me parler ; je me
donne au Diable ſi je ne vous laiſſe coucher à la
Ruë.

Mr. BRUSCAREL.

Mais voïez cet inſolent ! Je ne me ſens pas de
la colére où je ſuis. Oüi, je vais chercher ma Femme, & ma Fille, & quelque part que je les trouve,
je leur ferai confuſion devant tout le monde.
(*On entend des Violons. Bruſcarel s'arrête pour voir
ce que c'eſt, & voïant paſſer deux Garçons, & deux
Servantes de Cabaret, il dit.*) Voilà les gens du
Traiteur nôtre voiſin qui viennent de porter
quelque repas en Ville ; s'ils avoient comme moi
martel en tête, ils ne ſeroient pas ſi gais.

(*Il s'en va.*)

(*Les Valets & les Servantes de Cabaret poſent
à terre des Plats & quelques autres Uſtencilles, &
danſent une Entrée qui ſert d'Intermede au premier
Acte.*)

Fin du premier Acte.

ACTE II.

SCENE PREMIERE.

ARLEQUIN, SCARAMOUCHE
*Vêtus en Femmes, en Andriennes, &
Coëfés en Tignon.*

SCARAMOUCHE.

Et je te dis pour la cinquantiéme fois qu'il
faut contrefaire les femmes du grand air pour
nous introduire parmi le beau monde.

ARLEQUIN.

Fais-je pas ce qu'il faut ?

SCARAMOUCHE.

Voïez. Il ne sçait pas seulement marcher. Regarde comme je fais. (*Il marche en Femme*)
Voilà ce qu'on apelle marcher en femme du bel
air.

ARLEQUIN.

Imbecille ! C'est une démarche de jour, mais le
soir on marche diféremment Regarde. (*Il afecte
une maniere de marcher diférente de celle de Scaramouche.*) Mais toi qui fais le Docteur, gageons
que tu ne sçais pas parler.

SCARAMOUCHE.

Ah, ah, nous allons voir. (*Il se promene en mi-*
naudant, & parle d'un ton de fausset.) Mon Dieu
la belle Lune ! l'horrible chaleur qu'il a fait aujourd'hui.....

ARLEQUIN.

Quel son de voix morbleu ! quel son de voix !
Il me semble d'entendre une Lavandiere, ne sçau-
rois-tu prendre un ton plus mignard, en te don-
nant de petits airs, en jettant la tête deçà & delà,
& en tortillant le derriere? (*Il minaude.*) L'horrible chaleur ! Je n'ai pû dormir que depuis deux
heures aprés midi jusques à huit, & cependant ce
matin je me suis levée à onze heures.

SCARAMOUCHE.

Mais, si par hazard, quelque Dame venoit t'a-
border, sçauras-tu faire des complimens ?

ARLEQUIN.

Bon. C'est où je triomphe. Prens que tu sois
cette Dame. Je te répondrai: (*Arlequin & Sca-*
ramouche parlent tous deux à la fois.) Ma belle
Dame, c'est une merveille que de vous voir, Madame. Comment pouvez-vous vous resoudre,
Madame, à venir de si loin Madame. Que vous
êtes belle Madame, Madame, avez-vous soupé en
ces quartiers ? Madame.....

SCARAMOUCHE *parlant en même-tems.*

Comment vous portez-vous Madame ; fort
bien Madame, à vous rendre mes obéïssances,
Madame, oh point du tout Madame. (*Se mettant*
en colere.) Que le Diable vous emporte Madame:
Tu n'atens pas que j'aïe parlé pour me répondre,
& nous faisons un chicotis épouvantable.

ARLEQUIN.

Que le Diable vous emporte toi-même. As-tu
jamais entendu des femmes faire des compli-

mens? Fussent-elles cinquante ne parlent-elles pas toutes à la fois ?

SCARAMOUCHE.

Mais aussi, tu ne sçais dire que Madame, Madame, toûjours Madame, & à chaque mot, Madame.

ARLEQUIN.

N'est-ce pas le stile ordinaire ? si des complimens des femmes on en retranche les *Madame*, que Diable y restera-t-il ? Mais il n'est pas question de cela : De quoi parlerons-nous ? Il faut bien s'entretenir de quelque chose.

SCARAMOUCHE.

Mais . . . . . nous parlerons de tout ce qui nous viendra dans l'esprit, par exemple... de Coëfures, d'Habits, de Bijoux . . . . .

ARLEQUIN.

Va te promener : au lieu de nous prendre pour des femmes de distinction, on nous prendra pour des Bourgeoises. Parlons plûtôt de manger, de boire, de faire la débauche.

SCARAMOUCHE.

Fi : on nous prendra pour des Ponifles ... atens, nous médirons de nôtre prochain.

ARLEQUIN.

Cela ne vaudroit pas le Diable : on nous prendroit pour des Bigotes, & tout le monde nous fuiroit.

SCARAMOUCHE.

Mais nous oublions le meilleur. Comment nous appellerons-nous ? Il faut bien avoir des noms.

ARLEQUIN.

Male-pesté, je n'y pensois pas. Il faut prendre quelques noms qui sentent bien la qualité. Par exemple tu t'apelleras Madame . . . . . Madame du Haillon.

SCARAMOUCHE.

Ce nom sent trop la friperie ; cherchons-en un autre. Madame … De… De la… De la Boufardiere.

ARLEQUIN.

Oüi, ce nom est beau ; il a quelque chose de magnifique, Madame de la Boufardiere. Voilà un nom qui remplit bien la bouche.

SCARAMOUCHE.

Et toi comment t'apelleras-tu ?

ARLEQUIN *rêve.*

Je m'apellerai …. Madame Chapon.

SCARAMOUCHE.

Tu n'as que la gourmandise en tête. Il faut un nom où il y ait un De. … Madame …. Madame De Champ-Trognon.

ARLEQUIN.

Voilà qui fait un vilain son à l'oreille, va-t'en au Diable, avec ton Champ-Trognon : Je veux un nom qui soit plus délicat.

SCARAMOUCHE.

Celui-là est bon pour aujourd'hui. Ça repetons un peu nôtre conversation…

SCENE II.

ARLEQUIN , MEZZETIN
en Habit Gallonné , & en Plumet ,
SCARAMOUCHE.

MEZZETIN *à demi Ivre.*

MA foi , vive le Cabaret
On y goûte un destin le plus heureux du monde,
Et dans ces lieux charmans où tout plaisir abonde
Pour de l'argent , s'entend , on a tout à souhait.

ARLEQUIN *bas.*

Ah, Scaramouche, ce Cavalier vient à nous;
nous n'avons étudié des complimens que pour les
femmes, & nous n'en avons point étudié pour les
hommes. (*Ils se bouchent de leurs Coëfes & se*
promenent en se tenant sous le bras.

MEZZETIN.

J'ai remis mon Maitre avec son adorable , &
comme il a quelques afaires à regler avec elle
sans témoins , pour se débarrasser de moi, il m'a
donné pour boire ; mais tandis que ces Amans
vuident ensemble leur querelle, je viens sortant du
Cabaret égaïer le beau feu que quelques pots de
vin ont fait naitre dans mon ame.

ARLEQUIN *bas.*

Aprochons doucement afin qu'il nous voïe.

MEZZETIN.

En cas d'avanture , j'ai pris cet habit de mon
Maitre pour n'être pas reconnu : on est bien aise
de garder dans le monde un certain *Decorum* , &

de ne pas jetter aux Chiens le peu qu'on a de ré-
putation. (*Arlequin touffe en minaudant.*) Voilà
deux Nimphes qui me lorgnent. Elles me prennent
pour un honnête homme ; mais ma foi si cet habit
me met en frais il faudra qu'il me serve de Passe-
port : car je n'ai pas un sou de reste.

ARLEQUIN *bas.*

Ah , Scaramouche.

SCARAMOUCHE.

Tais-toi.

ARLEQUIN.

Il faut que ce soit un homme d'afaires.

SCARAMOUCHE.

A quoi le connois-tu ?

ARLEQUIN.

Il dit qu'il n'a point d'argent.

MEZZETIN.

Je me sens en disposition de pousser quelque
fleurette à juste prix.

SCARAMOUCHE *bas.*

Que le Diable l'emporte : c'est Mezzetin.

ARLEQUIN.

Sous ce déguisement il ne peut nous reconnê-
tre , il faut nous divertir.

MEZZETIN.

Je vais leur faire un petit compliment. (*A Arlequin & Scaramouche.*) C'est à tort mes beautés
qu'on s'est avisé de dire que la nuit tous Chats
sont gris : vos allures m'ont fait remarquer de
loin certaine idée d'ocasion prochaine répanduë
sur toute vôtre personne qui publie à vingt pas à
la ronde :

Il Chante.

*Qu'on n'a pas grand peine
De toucher vôtre talari tari ta la la la la la la.
De toucher vôtre cœur.*

ARLEQUIN.

Ah, Madame, le joli petit homme ! Qu'il s'énon-
ce cavalierement !

MEZZETIN.

Qui que vous soïez ne faites pas les sucrées :
Je connois de plus honnêtes femmes que vous qui
feroient encore leurs choux gras d'une pareille
déclaration.

SCARAMOUCHE.

Au moins, Monsieur, n'allez pas vous imaginer
que nous ne sommes pas des femmes raisonnables
parce que vous nous voïez ici toutes seules.

MEZZETIN.

Je n'ai garde : on sçait assez que les femmes les
plus raisonnables ne sont pas celles qui ont plus
de gens à leurs trousses; mais vous venez rarement
en ces quartiers, mes Princesses : Je n'ai pas mé-
moire de vous y avoir encore vûës.

ARLEQUIN.

Cela est vrai, Monsieur, ma bonne amie & moi
nous prenions ordinairement nos tirées le long
du Rempart; mais depuis l'avanture que nous eû-
mes ces jours passez avec deux Soldats des Portes
de nos amis, pour plus grande sûreté nous ne
fréquentons plus que les lieux Publics.

MEZZETIN.

Comment ventre-bieu, quel brutal oseroit
manquer de respect pour deux tendrons de vôtre
sorte ? allez hardiment de jour & de nuit : vos
charmes sont garans des évenemens.

SCARAMOUCHE.

Pour aller de jour c'est ce que nous ne faisons
guéres : on a comme vous sçavez ses petites ocu-
pations.

MEZZETIN *à Scaramouche.*

Êtes-vous Mariée ? Madame.

SCARAMOUCHE.

Non.

MEZZETIN.

Vous êtes Fille ?

SCARAMOUCHE.

Encore moins.

MEZZETIN.

Vous êtes donc Veuve ?

SCARAMOUCHE.

Helas ! c'est bien être Veuve qu'être jolie femme, & n'avoir qu'une vieille rosse de Mari comme celui que j'ai.

MEZZETIN *à Arlequin.*

Êtes-vous Mariée aussi, ma Poulette ?

ARLEQUIN.

Helas oüi ; mais il faut qu'il y ait de la fatalité dans mon fait : Depuis que je suis Mariée je ne sçaurois avoir des enfans , & lorsque j'étois fille j'en faisois plus que je ne voulois.

MEZZETIN.

Quel dommage, morbleu, que de si beaux fonds demeurent en friche ! Touchez-là, à quelque prix que ce soit je veux être de vos amis. (*Il veut l'embrasser.*)

ARLEQUIN.

Fi donc , fi donc , vous en venez d'abord aux prises.

MEZZETIN.

J'aurai du moins le plaisir de sçavoir qui vous êtes.

ARLEQUIN.

Oh pour cela, non : De l'humeur dont je vous connois vous seriez homme à nous décontenancer à la premiere vûë ; vous ne portez pas la mine d'avoir beaucoup de discretion.

MEZZETIN.

De quelle Diable d'espece êtes vous donc ? j'ai
toûjours entendu dire que la discretion n'est pas
la vertu que les femmes demandent, & j'en connois qui seroient bien fâchées que toute la Ville
n'eût pas les oreilles batuës de leurs fredaines.

ARLEQUIN.

On ne se fie pas aux personnes qu'on ne les
connoisse de longue main; vous m'avez tout l'air
d'un petit cajoleur à gages.

MEZZETIN.

Non, ou le Diable m'emporte, vous dérouillez
aujourd'hui ma galanterie : il y a plus de six mois
que je ne l'avois mise en œuvre.

ARLEQUIN *d'un air langoureux*.

Vous êtes cependant fait d'un air......

MEZZETIN *tendrement*.

Ma Bouchonne.

ARLEQUIN.

Mon Toutou.

MEZZETIN *à Scaramouche*.

Ma Charmante.

SCARAMOUCHE.

Mamour.

MEZZETIN *à Arlequin*.

Soufre que je te voïe.

ARLEQUIN.

Helas, quand vous me verrez vous ne m'aimerez
plus.

MEZZETIN *veulant lui ôter sa Coëfe*.

Un moment.

ARLEQUIN.

Laissez moi.

MEZZETIN.

De grace.

ARLEQUIN.

ARLEQUIN.
Fi donc.

MEZZETIN.
Par pitié.

ARLEQUIN *se défendant.*
Oh Dame.... nous ne sommes pas dans un Bois.

MEZZETIN.
Je t'en prie.

ARLEQUIN.
Oh ça , oh ça , tenez-vous donc , tenez-vous donc.

MEZZETIN *Chante.*
Mon tendre cœur soupire
Pour vos divins apas
Ne m'entendez vous pas ?

ARLEQUIN se faisant connêtre chante.
Je ne sçauroix :
Je suis encor trop jeunette
J'en mourrois.

Mon, tendre cœur, n'y a-t'il rien pour boire à vôtre santé ?

SCARAMOUCHE.
Voilà donc, Mr. le Coquin, à quoi vous vous ocupez quand vous êtes ivre ?

MEZZETIN.
Par ma foi, je ne croïois pas avoir trouvé de si mauvaise marchandise, mais pourquoi cette mascarade, il y a quelque friponnerie sur jeu.

ARLEQUIN.
C'est un charme d'avoir à faire avec gens du métier : on s'épargne bien des explications ; vous avez aussi quelque dessein ?

MEZZETIN.
C'est une bagatelle : Je favorise un tête à tête de mon Maître avec sa Maîtresse.

D

SCARAMOUCHE.

Si tu rends service à ton Maître, je travaille aussi pour le mien, & c'est dommage de séparer de si habiles gens.

ARLEQUIN.

Il faut nous unir ensemble, & partager la gloire de duper un Mari, & de faire rompre un Mariage.

SCARAMOUCHE.

J'y consens ; mais voici un habit qui m'altére Diablement, allons prendre conseil au Cabaret.

ARLEQUIN.

Oh, pour cela, Madame de la Boufardiere, vous parlez comme un livre ! Allons, Mr. Mezzetin, pour l'honneur du sexe conduisez-nous ; voilà sur ma parole un fort joli Gentilhomme !

MEZZETIN.

Ne croïez pas vous moquer : Je suis pour le moins aussi Gentilhomme que vous êtes gentille-femme. (*Comme ils s'en vont Scaramouche les prend tous deux par la main, & les raméne.*)

SCARAMOUCHE.

Nous allons au Cabaret ; qui païera de nous trois ?

ARLEQUIN.

Oh, Madame, l'honneur vous apartient, Madame.

SCARAMOUCHE.

Point : c'est à Mr. Mezzetin. Les Dames ne païent pas quand elles sont avec un Cavalier.

MEZZETIN.

Oüi, quand elles sont jolies ; mais si on me voïoit païer pour des Guenuches, comme vous autres on me prendroit pour un Allemand.

ARLEQUIN.

Il y a bon moïen de nous acorder, & *la Prima le Duè* en décidera.

SCARAMOUCHE.

Il fera beau voir des Dames joüer à la Mourre!

ARLEQUIN.

Nous en ferons venir la mode. Les Dames ont
bien pris celle de fumer. A nous deux. (*Arlequin*
& Scaramouche joüent à la Mourre. Arlequin ga-
gne Scaramouche & joüe contre Mezzetin ; une
Servante à la fenêtre se plaint de ce qu'ils font trop
de bruit, & leur jette de l'eau. (Ils s'en vont.)

SCENE III.

VALERE, ANGELIQUE.

ANGELIQUE.

AH, Valere, je connois l'humeur de mon
Mari ; s'il vient à découvrir les moïens dont nous
nous servons pour nous voir chaque jour, je vous
laisse à penser à quel péril je m'expose. Vous
faut-il d'autre témoignage de ma tendresse?

VALERE.

Que je suis sensible à vos bontez ! Madame, &
qu'un si charmant aveu me seroit doux si je pouvois me persuader que le cœur n'a point de part
dans vôtre union avec Mr. Bruscarel.

ANGELIQUE.

Cessez de me reprocher un Mariage que je n'ai
fait que par obeïssante : J'étois soumise au pouvoir de mes parens ; & si j'avois dépendu de moi,
je n'aurois jamais été qu'à vous. Mais j'aperçoi
Marianne, Marinette est avec elle ?

VALERE.

Seroit-il arrivé quelque chose !

SCENE IV.

ANGELIQUE, MARIANNE, VALERE, MARINETTE.

ANGELIQUE.

QUel dessein te conduit ici ? ma petite, ton Pere s'est-il aperçû que je suis sortie, Et seroit-ce de sa part que tu viens me chercher ?

MARIANNE.

Ne vous alarmez point, Madame ; Mon Pere ne me sait pas ici non plus que vous ; Et comme je suis persuadée, que vous n'ayez pas pour moi, des sentimens de Belle-Mere, j'avoüerai naturel-lement que j'ai eu comme vous mes petites rai-sons pour sortir du Logis à l'insceu de mon Pere.

MARINETTE.

Et si Mademoiselle Marianne a ses petites rai-sons, j'en ai de tres-grandes pour lui tenir com-pagnie.

MARIANNE.

Vous savez quel est le Ridicule Epoux que mon Pere me destine, & que le jour aproche où je dois épouser Monsieur Georges, dont mon Pere s'est entêté ; Mais on ma promis de détourner ce Mariage, & l'on m'a donné rendez-vous ici pour prendre les mesures nécéssaires.

VALERE.

Pour l'éxécution d'un si juste dessein , je vous ofre tout ce qui dépend de moi.

MARINETTE.

Nous ne refusons rien, & suivant nos petits

befoins nous mettrons vôtre bonne volonté à l'é-
preuve.

MARIANNE.

Jufques ici j'ai afecté une foûmiffion fans
égale aux volontés de mon Pere, & comme il ne
foupçonne rien de ma repugnance, il me fera
plus aifé de prendre des précautions.

ANGELIQUE, à *Valere.*

Croiroit-on à voir Mademoifelle Marianne
qu'elle fut fi Rufée! On ne diroit pas qu'elle y tou-
che.

MARIANNE.

Oh! Dame, je ne fuis plus fi fimple que j'é-
tois il y a quelque tems; Depuis que j'ay apris ce
que c'eft qu'un Amant, il me femble que je me
trouve beaucoup plus d'efprit.

VALERE.

Et quel heureux mortel a fait une fi charmante Ecoliere?

MARIANNE.

Je vous affûre qu'on ne m'a point donné de
leçon là-deffus : Cela m'eft venu de moi-même.

MARINETTE.

Il faut tout dire, Mademoifelle Marianne eft
bien le plus heureux naturel! Ah, c'eft dommage
que je n'aïe encore quelque tems cette fille entre
les mains... J'en ferois quelque chofe.

ANGELIQUE.

Puifque je ne te fais miftére de rien, je veux à
mon tour favoir le nom de ton Amant.

MARIANNE.

Connoiffez-vous Leandre?

VALERE,

Leandre! C'eft le meilleur de mes Amis.

MARIANNE.

Et c'eft auffi le meilleur des miens.

D iij

ANGELIQUE.

Il ne faut pas demander si tu l'aimes de tout ton cœur.

MARIANNE.

Mais.... Je ne sai.

ANGELIQUE.

Comment ? Je ne sai. Tu ne pénétres pas dans tes propres sentimens ?

MARIANNE.

Pardonnez-moi ; mais je n'ai pas encore assés d'experience pour débrouiller ce qui se passe dans mon cœur.

MARINETTE.

La pauvre Enfant !

MARIANNE.

Je voudrois que Leandre fût sans cesse auprés de moi, quand il me quitte, je deviens toute réveuse, quand je ne le vois pas, je ne pense qu'à lui, & quand je le revois, je sens un je ne sai quoi qui fait palpiter mon cœur, & qui me rend toute interdite. Dites-moi, je vous prie, est - on comme cela quand on aime ?

ANGELIQUE.

Sans doute , & c'est la véritable marque d'un cœus bien épris.

MARIANNE.

Tenez, Madame, je le croirois comme vous dites : car j'ai entendu dire que rien n'est si drôle que d'aimer ; & quand je suis en cet état , je me sens au comble de ma joïe.

ANGELIQUE.

Mais crois-tu que Leandre ait les mêmes empressemens ?

MARIANNE.

Vous seriez enchantée de le voir lorsqu'il est auprés de moi. Il va au-devant de tout ce qui

me fait plaisir, il me dit de jolies choses, il me
conte mille petites raisons, & quoi que la plûpart
du tems je n'y comprenne rien, je ne laisse pas
de les écouter avec plaisir. Il me dit à tout moment que je suis belle, qu'il me trouve la plus
aimable personne du monde, qu'il meurt d'a-
mour pour moi, & tout cela d'un air si touchant,
que je ne saurois me défendre de le croire.

MARINETTE.

Chansons : Les Amans d'aujourd'hui sont comme les Almanachs, ils promettent tous, monts &
merveilles, & ne tiennent pas plus les uns que
les autres.

MARIANNE.

Oh ! Leandre n'est pas du caractére des autres
hommes : Tu tremblerois d'entendre les sermens
qu'il fait pour me persuader qu'il m'aimera toute
sa vie.

MARINETTE.

Bon, bon, des sermens ! Fiez-vous-y.

MARIANNE.

Tu voudrois me faire accroire que Leandre
pourroit cesser de m'aimer ?

MARINETTE.

Vous ne seriez pas la premiére qui auroit été
attrapée.

MARIANNE, *après avoir un peu rêvée.*

Les hommes sont donc bien méchans ? Quoi
après tout ce qu'il m'a dit.... Que tu es sotte,
Marinette, avec tes raisons. Tu es cause que je
serai toûjours en inquiétude.

MARINETTE.

Non, non, rassurez-vous, Mademoiselle : Je
le disois pour rire. Leandre est trop passionné
pour manquer à sa parole. Mais puisque nous
sommes en train de faire des confidences, je

vous aprens une nouvelle. Je me marie.

ANGELIQUE.

Tu te maries ? Marinette.

MARINETTE.

Cela vous surprend ! Il faut bien faire une fin tôt ou tard.

MARIANNE.

Et tu ne m'en as encore rien dis ?

MARINETTE.

Ma foi, j'aurois bien afaire si je disois tout ce que je fais.

VALERE.

Peut-on du moins savoir avec qui ?

MARINETTE.

Avec un beau petit Brunet que je n'ai vû qu'un quart d'heure. Nous voir, nous plaire, & nous prendre au mot, tout cela n'a été que l'ouvrage d'un moment.

ANGELIQUE.

Quoi sans le connêtre ?

MARINETTE.

Bon, la connoissance est bien-tôt faite, du moment que le cœur nous en dit.

Quand la nature impatiente
Inspire une ardeur violente.
On n'a pas le tems de choisir :
Sans cesse le desir augmente,
Et dans une ennuïeuse attente,
On perd la moitié du plaisir,
Que sert d'aprofondir ce que l'on voit parêtre,
Dés qu'un Amant plait à nos yeux ?
Aprés que de l'Himen on a formé les nœuds
Helas ! on n'a que trop le tems de se connêtre.

MARIANNE.

Que je te trouve heureuse ! Marinette, d'avoir la liberté de faire un choix à ta fantaisie ; Mais je ne vois parêtre ni Leandre, ni sont Valet, trouvez bon, Madame, que je vous quitte pour satisfaire à mon impatience. Vien Marinette.

ANGELIQUE.

Si tu veux que nous rentrions ensemble au Logis, tu nous retrouveras pas ici.

MARIANNE.

Je vous donne ma parole que je reviendrai.

(Elle s'en va avec Marinette.)

ANGELIQUE.

On vient avec de la lumiere. Je ne voudrois pas qu'on me vid à l'écart seule avec vous. Eloignons nous d'ici.

VALERE.

Que vous êtes bonne ! de vous inquietter tandis que vôtre Epoux dort tranquillement sans penser à vous.

(Ils s'en vont.)

SCENE V.

Mr. GEORGET, UN GARCON
portant une Lanterne.

Mr. GEORGET.

Hola eh, Monsieur le Galopin, vous plaira-t'il de ne pas m'importuner d'avantage. As-tu envie de te faire rosser ?

LE GARCON.

Qu'est-ce à dire ? rosser. Je vous ai éclairé paiez moi.

Mr. GEORGET.

Que je te païe ? Mais voïez le joli Mignon !
Quels airs te donnes-tu de venir m'éclairer fans
m'en avertir ? J'ai manqué deux ou trois fois de
me caffer le cou, parce que je ne favois pas que
ta lumiere fut pour moi.

LE GARÇON.

Je veux de l'argent tout à l'heure, ou bien....

(Il le menace avec fon Bâton.)

Mr. GEORGET.

Parle donc, ne t'avifes pas de faire le Sot parce que tu me vois tout feul : Si tu étois fi mal
avifé que de me fraper, tu trouverois à qui parler, au moins.

LE GARÇON *Lui montrant fon Bâton.*

Il me faut païer.

Mr. GEORGET *lui donnant de l'Argent.*

Qui te dit le contraire. Tien.

LE GARÇON.

Que me donnez-vous là ? Il n'y a pas la moitié de ce q'il me faut.

Mr. GEORGET.

Oh, parbleu, fi tu n'es pas content de cela,
tu n'as qu'à me remettre où tu m'as pris.

LE GARÇON *s'en allant.*

Allez, allez, une autrefois je vous recon-
nêtrai.

Mr. GEORGET *feul.*

Je fuis d'avis, ma foi, de païer autant pour
une Lanterne de papier, que fi c'étoit un Fallot.
Je viens de cette pelte de Comedie, il n'y avoit
pas quatre perfonnes. Il faut que ce matin l'Afficheur ait fait un quiproquo, & qu'il ait affiché
l'Opera pour la Comedie.... Mais que me veut
cet homme.

SCENE VI.

Mr. GEORGET, ARLEQUIN.

ARlequin vient d'un grand sang froid deman-
der à Mr. Georget une prise de Tabac, un
morceau de papier pour plier le Tabac, une Epingle
& plusieurs autres choses. Il tire ensuite un Pistolet
& lui demande la Bourse. Mr. Georget qui ne se
trouve point d'argent lui donne tout ce qu'il a sur
lui. Arlequin, après plusieurs Lazzi, le prie de n'en
rien dire à personne. Cette Scene se fait de tête.

SCENE VII.

Mr. BRUSCAREL , Mr. GEORGET.

Mr. BRUSCAREL *à la Cantonnade.*

OUi , Madame l'impertinente , je vous ferai
voir que je suis vôtre Mari , & que vous ne devez
pas vous moquer de moi comme vous faites.

Mr. GEORGET *bas.*

Est-ce encore ici quelque Filou ?

Mr. BRUSCAREL.

Et vous, Messieurs les Godenots , vous devriez
avoir honte de venir comme cela détraquer une
jeune femme.

Mr. GEORGET *bas.*

Je reconnois cette voix. (*A Monsieur Bruscarel.*)
Bon soir, Monsieur Bruscarel.

Mr. BRUCAREL *sans le connêtre, se proméne*
avec agitation.

Bon soir, Monsieur, Serviteur.

Mr. GEORGET.

Vous êtes bien tard dans les rues ! Ah vieux
Papa, il y a quelque intrigue en Campagne !

Mr. BRUSCAREL, *sans le connêtre.*

Eh, morbleu, Monsieur, que chacun se mêle
de ses affaires.

Mr. GEORGET.

Mais encore, que cherchez-vous ?

Mr. BRUSCAREL.

Je ne cherche rien : J'ai trouvé plus que je ne
voulois.

Mr. GEORGET.

Vous a-t'on fait quelque insulte.

Mr. BRUSCAREL

Non.

Mr. GEORGET.

A-t'on volé quelque chose ?

Mr. BRUSCAREL.

Mon Dieu, non.

Mr. GEORGET.

Avez-vous eu querelle avec quelqu'un.

Mr. BRUSCAREL.

Non ; de par le Diable, non.

Mr. GEORGET.

Dites-donc, ce qui vous chagrine.

Mr. BRUSCAREL.

Mais qui êtes-vous ? Vous qui me question-
nez.

Mr. GEORGET.

Comment, vous ne me connoissez pas ?

Mr. BRUSC.

Mr. BRUSCAREL.

Ah, Monſieur Georget, excuſez. Vous me voiez dans une colére épouvantable contre ma femme.

Mr. GEORGET.

Contre Madame vôtre Epouſe ?

Mr. BRUSCAREL.

Oüi.

Mr. GEORGET.

Madame Bruſcarel?

Mr. BRUSCAREL.

Aparemment : Je ne ſache pas d'avoir d'autre femme qu'elle.

Mr. GEORGET.

Vous étes peut-être en peine de ſavoir où elle eſt.

Mr. BRUSCAREL.

Je ne le ſai que trop.

Mr. GEORGET.

Oh, Dame, je ne ſaurois deviner.

Mr. BRUSCAREL.

Je vous dis que je ſuis en colére contre ma femme : Je viens de la trouver en compagnie de cinq ou ſix jeûnes folles comme elle, & d'autant de jeunes étourdis, qui d'abord qu'ils m'ont aperceu ſe ſont mis après moi, l'un à me dire une Poliſſonnerie, l'autre à me pouſſer ma Perruque ſur le nés, en criant AU LION SANS PAREIL, & en me faiſant de certains ſignes... (à la Cantonnade.) Oh, parbleu, Meſſieurs, nous ſaurons un peu ce que veulent dire ces ſignes là.

M. GEORGET.

C'eſt peut-être qu'ils ſe moquoient de vous?

Mr BRUSCAREL.

Il y a quelque aparence. Ah! mon Gendre prétendu, ſi vous ſaviez....

E

Mr. GEORGET.

Bon, vôtre Gendre prétendu : Ma foi, ma foi,
Monsieur Bruscarel, il y a bien d'autres nouvelles.

Mr. BRUSCAREL.

Que voulez-vous dire ?

M. GEORGET.

Vous vouliez me donner vôtre fille en Mariage, n'est-ce pas ?

Mr. BRUSCAREL.

Et bien, ne sommes-nous pas d'acord ?

M. GEORGET.

Oh, parbleu, il faut bien dés-acorder.

Mr. BRUSCAREL.

Et la raison ?

Mr. GEORGET.

La raison, c'est que je suis marié avec une
autre.

Mr. BRUSCAREL.

Vous voulez rire.

Mr. GEORGET.

Non. C'est très-sérieusement. Je vous l'aurois
dit plûtôt ; mais je craignois de vous fâcher.

Mr. BRUSCAREL.

Oüais, vous êtes un gallant homme ! Après
m'avoir donné vôtre parole, ...

Mr. GEORGET.

Voilà une belle bagatelle à la vérité on m'a
surpris, & j'étois yvre quand on m'a fait faire la
chose ; mais vous n'y perdrez rien. Je ne laisse-
rai pas que d'être toujours amoureux de vôtre
fille, comme si de rien n'étoit.

Mr. BRUSCAREL.

Allez vous promener, avec vôtre amour ; ma
fille trouvera assez de quoi se dédommager. Le
plaisant raisonnement !

Mr. GEORGET.

Et bien, ce sera autant d'épargné pour moi.
Serviteur, Monsieur Bruscarel.

(*Il s'en va.*)

Mr. BRUSCAREL *seul.*

Il ne falloit plus que cela pour me mettre en
belle humeur ; En tout cas je ne serai pas em-
barrassé de ma fille, & au pis aller......

SCENE VIII.

Mr. BRUSCAREL, PIERROT.

PIERROT *sortant de la Maison, portant un Fallot.*

OU Diable voulez-vous qu'à ces heures j'aille
chercher des Violons? En les avertissant huit jours
d'avance on ne sçauroit en avoir, & j'aurois plûtôt assemblé des gens de conséquence que la plûpart de ces animaux-là.

Mr. BRUSCAREL.

Mon Valet sort du Logis. Sans doute qu'il est
en peine de moi. (*à Pierrot,*) Hola Pierrot.

PIERROT.

Qui vive ?

Mr. BRUSCAREL.

Tu viens me chercher ?

PIERROT.

Moi? Je ne pense non plus à vous qu'au Grand
Turc.

Mr. BRUSCAREL.

Qù vas-tu donc ?

PIERROT.

Ce ne sont pas vos afaires.

Mr. BRUSCAREL.

Scavez-vous joüer du Violon ?

Mr. BRUSCAREL.

Non ; mais je scai joüer du Bâton, & si tu m'é-
chauffe la bille.

PIERROT *voulant s'en aller.*

Ce n'est donc pas vous que je cherche.

Mr. BRUSCAREL *l'arrêtant.*

En un mot je veux scavoir où tu vas.

PIERROT.

Je vais où Madame m'envoie.

Mr. BRUSCAREL.

Comment ? est-ce qu'elle est rentrée ?

PIERROT.

Vous allez m'amuser avec vos questions , &
j'ai afaire.

Mr. BRUSCAREL.

Te plaît-il de demeurer ; Je te défens une bonne
fois pour toutes de faire ce que ma femme te
commandera.

PIERROT.

Hein. Le petit bourru ! C'est dommage que vous
aiez une femme comme celle que vous avez.

Mr. BRUSCAREL.

Oüi : sans doute : Je suis fort heureux !

PIERROT.

C'est, mardi, le plus jolí petit brin de femme
qu'on puisse voir ; elle est à manger pour la bonté ,
& vous ne meritez pas l'amitié qu'elle a pour
vous.

Mr. BRUSCAREL.

Elle m'aime beaucoup ; il y paroît.

PIERROT.

Tenez, parce que vous avez trouvé à redire de

ce qu'elle étoit sortie, elle a amené avec elle une
douzaine de Messieurs & de Dames qui disent
comme cela que pour vous faire enrager, ils
veulent faire tapage dans les Meubles, & Danser
toute la nuit. C'est pour cela qu'on m'envoie
chercher des Violons.

Mr. BRUSCAREL.

Oh, oh. Je leur ferai voir de quel bois je me
chaufe, & nous verrons de ma femme & moi ; à
qui se fera mieux enrager.

PIERROT.

Et voilà ce qui fait que vous gâtez tout. Tenez
je connois l'humeur de Madame , si vous aviez
tant soit peu de complaisance.

Mr. BRUSCAREL.

Je n'en ai que trop.

PIERROT.

Ces Messieurs qui sont au Logis l'entendent
bien mieux que vous : Tout ce que Madame veut
ils le veulent, ils ne lui contredisent en rien,
aussi, il faut voir ! Ils font d'elle tout ce qu'ils
veulent.

Mr. BRUSCAREL bas.

Je m'avise d'une chose. (à *Pierrot.*) Ecoute
Pierrot. Puis, je me fier à toi ?

PIERROT.

Selon.

Mr. BRUSCAREL.

Va où l'on t'envoie, & sur toutes choses garde-
toi de dire que tu m'as vû. Entens-tu ?

PIERROT.

Quand je leur dirai ils ne s'en soucieront guéres : Car ils paroissent tretous en bonne disposition
de se gausser de ce que vous direz.

Mr. BRUSCAREL.

Va seulement , & fais ce que je te dis.

(*Pierrot s'en va.*)

Je fais reflexion que l'éclat que je pourrois faire dans ma Maison retomberoit sur moi. Je ne veux pas me faire empoisser dans la Ville ; mais pour voir ce qui se passe je vais entrer tout doucement. Quand il en sera tems je mettrai bon ordre à tout ceci.

SCENE IX.

M. BRUSCAREL, SCARAMOUCHE.

Ils font une Scene de tête, à la fin de laquelle un Ivrogne vient les interrompre. L'ivrogne danse & cette Entrée sert d'Intermede au second Acte.

Fin du second Acte.

ACTE III.

LE TEATRE REPRESENSE UNE Chambre de la Maison de Mr. Bruscarel.

SCENE PREMIERE.

MARIANNE, PIERROT.

MARIANNE.

Tu me dis, Pierrot, que mon Pere est desabusé de Mr. Georget.

PIERROT.

Il n'en veut plus entendre parler.

MARIANNE.

Et qu...

PIERROT.

Il ...... que Madame & vous viviez à vôtre fantaisie.....

MARIANNE.

Quel heureux changement! Que ne puis-je pour une si bonne nouvelle te rendre quelque service considerable ; mais laisse moi faire....

PIERROT.

Oh, je sçai, Mademoiselle Marianne, que vous êtes la fille du monde la plus obligeante.

MARIANNE.

Eſt-ce un défaut d'aimer, à faire plaiſir quand
ou peut ?

PIERROT.

Non pas, Diable ; Mais puiſque vous êtes en
train il faut que je profite de vôtre bonne volonté. Tenez tout-franc je vous aime, & ſi vous
vouliez . . .　　　　　　　(*Il veut la careſſer.*)

MARIANNE.

Parlons ſans geſticuler. Vous dites donc, Monſieur Pierrot que vous m'aimez ?

PIERROT.

Parbleu, puiſque tout le monde vous aime, il
faut bien que je vous aime auſſi.

MARIANNE.

Tout le monde m'aime ? Et qu'en ſçavez-vous
Monſieur Pierrot ?

PIERROT.

C'eſt que je remarqué que quand une fois on
vous a vûë, on veut vous revoir encore.

MARIANNE.

Cela eſt heureux pour moi ; Et vous avez envie de me plaire ?

PIERROT.

Eh oüi, ſi cela ſe pouvoit, ſans vous fâcher.

MARIANNE.

Cela étant . . . . Je crains fort de vous aimer.

PIERROT.

Ne craignez rien. Je ſuis un bon Diable ; &
vous aurez ſatisfaction de moi ; mais tout franc,
me trouvez-vous aſſez bien-fait pour mériter . . .
l'honneur . . . .

MARIANNE.

Comment ? bien-fait, vous êtes fait à peindre,
Monſieur Pierrot, vous avez un air . . . un air,
tout à fait original.

PIERROT.

Il y a long-tems que je m'en doute... Éfectivement, je suis la Cocluche de toutes les filles de ce quartier.

MARIANNE.

Je le crois ; mais dites-moi, Monsieur Pierrot, sçavez-vous aimer comme il faut ?

PIERROT.

Oh, Dame, Je ne sçai point le Jargon de ces Damoiseaux qui vont cherchant midi à quatorze heures ; Je dis ce que j'ai à dire, comme je le pense, & je viens d'abord aux faveurs.

MARIANNE.

Aux faveurs ? Je ne sçai pas encore ce que c'est que cela ; mais puisque vous me parlez à cœur ouvert, je vous avoüerai franchement que je me sens disposée à ne vous rien refuser.

PIERROT *bas.*

Ventre-bille, mes afaires sont déja bien avancées. Voilà un petit morceau d'enfant qui vaut son pesant d'or.

MARIANNE.

Mais en revanche, je veux de vous une petite marque d'amitié.

PIERROT.

Eh oui, il est... je ne vous fâche.
Vous n'avez qu'à parler : Je vous donnerai si voulez, mes gages de deux années.

MARIANNE.

Oh ! je ne suis pas si interessée : Ce que je vous demande, n'est qu'une bagatelle, qu'un rien.

PIERROT *bas.*

C'est à peu près ce que je lui offre.

à Marianne.

Oh, çà ne me fait pas languir.

MARIANNE.

Faites-moi un présent.

PIERROT.

Dequoi ?

MARIANNE.

D'une de vos oreilles.

PIERROT.

Plaît-il ?

MARIANNE.

Je veux une oreille : c'est ma folie. Allons,
Monsieur Pierrot, coupez-vous vite une oreille,
& me la présentez gallamment : Je la pendrai
dans mon Cabinet, & je conserverai avec soin
un si joli Bijou.

PIERROT.

Comment, Diable, une oreille ! Je suis d'avis
de me couper toutes les deux, & le bout du
nés tout d'un tems, après cela je resemblerai à
un Doguin,

MARIANNE.

Vous balancez ?

PIERROT.

Non, je ne balance point ; je suis tout déter-
miné : Je ne donnerois pas seulement le bout de
mon oreille pour toutes les filles de France.

MARIANNE,

Je vais rejoindre la Compagnie que j'ai quit-
tée pour vous venir parler ; faites vos reflexions
là-dessus. Adieu Monsieur Pierrot.

(*Elle s'en va.*)

PIERROT *seul.*

Mes réflexions sont toutes faites. Maugré-
bleu de la petite Masque avec sa fantaisie. Je
connois des filles qui auroient de beaux Maga-
sins d'Oreilles, si elles en avoient une de tous
ceux qui leur ont demandé des faveurs !

SCENE II.

ARLEQUIN, SCARAMOUCHE, PIERROT.

SCARAMOUCHE à Pierrot.

Hola, Monsieur l'Intendant de céans, vous demeurez les bras croisez pendant que tout le monde travaille, vous plairoit-il de nous aider.

PIERROT.

C'est donc vous autres Messieurs qui commandez aujourd'hui céans ? ça, que faut-il faire ? J'ai déja amené des Violons.

SCARAMOUCHE.

Et moi je vais voir si le repas que mon Maître a ordonné, est prêt.

ARLEQUIN.

Comment, est-ce qu'on mangera aussi ?

SCARAMOUCHE.

Sans doute : Pour se divertir dans toutes les formes les Dames veulent faire le réveillon.

ARLEQUIN.

Tant mieux. Il s'est introduit parmi le beau sexe un air de gourmandise, qui ne laisse pas que d'avoir son petit mérite.

SCARAMOUCHE.

On a dit au Traiteur d'envoïer tout ce qu'il pourra trouver de plus rare.

PIERROT.

Mais.... pour donner quelque chose de rare.... Il pourroit faire une fricassée de *vos mérites*.....

SCARAMOUCHE.

Une fricaſſée de vos mérites? que Diable veux-tu dire ? quelle viande eſt-ce là ?

PIERROT.

Dit-on pas ordinairement ? Vous ÊTES RARE COMME VOS MÉRITES?

SCARAMOUCHE.

Vous êtes un ſot , mon ami : il faut quelque choſe qui ſe puiſſe manger.

ARLEQUIN.

Il faut faire mettre en broche chacun ſon Phénix , ou chacun ſon Pelican : C'eſt du Gibier bien rare que celui-là.

PIERROT.

On peut ajoûter une marinade de Pierre Philoſophale : C'eſt quelque choſe de bien plus rare.

SCARAMOUCHE.

Voilà un repas bien ordonné. (*à Pierrot.*) Prenez vôtre Fallot vous , & venez avec moi. (*à Arlequin.*) & toi va voir ſi l'homme aux curioſitez eſt venu.

(Ils s'en vont tous trois.)

SCENE III.

ANGELIQUE , MARIANNE, LEANDRE , CLARICE, LUCINDE.

LEANDRE *à Marianne.*

Qui nous eût dit charmante Marianne que Mr. vôtre Pere deviendroit favorable à mes vœux, & que ſur le point de vous perdre.....

ANGE

ANGELIQUE.

Leandre vous parlerez d'amour dans un autre
tems ; ne fongeons qu'à nous réjouir, & qu'à paf-
fer agreablement le refte de la foirée.

LEANDRE.

J'ai donné les ordres néceffaires, & vous aurez
tout à l'heure de quoi vous contenter.

CLARICE.

Pour moi, je ne fors de ceans qu'après le Soleil
levé ; la compagnie ne me dédira pas.

LUCINDE.

Au refte force glace, & grand-chere, Des Violons, de la Mufique, des Cartes. Il faut rire,
chanter, & danfer, de la vie je ne me fuis fentie
en fi belle humeur.

SCENE IV.

ANGELIQUE, MARIANNE, LEANDRE, CLARICE, LUCINDE, ARLEQUIN

LEANDRE.

Voilà Monfieur qui va nous montrer une curiofité qu'il a depuis peu amenée en ce païs ; c'eft
une chofe à voir.

ANGELIQUE.

Qu'eft-ce que c'eft que vôtre curiofité ?

ARLEQUIN.

Madame, c'eft un fragment de l'Hiftoire du
nouveau monde en Perfonnages naturels. J'ai fait
dreffer la Machine dans la Chambre prochain., &
vous pourrez la voir quand il vous plaira.

F

On léve la Ferme. Le Téatre represente une autre Chambre de l'apartement de Mr. Bruscarel. Dans le fond on voit un Païsage sur le bord de la Mer.

CLARICE.

Que signifie ce grand Bâtiment qui paroit dans l'éloignement?

ARLEQUIN.

Ce Superbe Palais que vous voïez parêtre
Avoit jadis pour Maître
Un fameux Partisan qui l'entendit fort mal :
Aux dépens du Public il bâtit sa folie ;
Mais malgré tous ses soins, par un retour fatal,
Il travailla pendant tout le tems de sa vie
Pour aller à la fin loger à l'Hôpital.

LUCINDE.

Voilà qui me paroit assez joli; mais je voudrois que dans ce Païsage il parût quelques figures.

ARLEQUIN.

Donnez-vous patience. L'ouvrier ne les a pas oubliées ; & puisque vous le voulez , elles vont vous obéir. (*Il donne un coup de pied, & l'on voit deux femmes qui se cachent dans leurs Coëfes. Un homme les suit.*)

LUCINDE.

Voilà deux femmes qui ne veulent pas être con-nuës.

CLARICE.

Qui est cet homme qui les suit , & qui paroit avoir si grande envie de les aborder ?

VALERE.

C'est un Amant timide ? aparemment.

ARLEQUIN.

C'est Monsieur Robinet avec sa large toque,
Qui les voiant sortir d'un endroit équivoque

Les prend pour deux de ces Chauve Souris
Dont la pudeur à tous venans soumise
Fait de tendres faveurs commerce à juste prix ;
Mais qu'elle sera sa surprise !
Quand il reconnoîtra sous ce voile trompeur
La femme avec sa Belle-Sœur.

On voit un Cocher qui méne un Cheval par le licou:

LUCINDE.
Voilà un Cheval qu'on méne à l'abrevoir.
ARLEQUIN.
A ses allures je croirois plûtôt qu'on le traîne à la voirie.

Monsieur de Rafle-tout fier d'un gros heritage
En bombance, en festins, en pompeux équipage,
Dépensa tout son bien, qui lui fait grand besoin;
Réduit d'aller à pied il n'ose plus parêtre,
Et Mr. le Cocher par ordre de son Maître
Va vendre les Chevaux pour acheter du foin.

On voit un Polichinelle, & une Gigogne.

ANGELIQUE.
Ah, les jolies petites figures ! Voiez ce petit bout d'homme qui méne cette jolie femme.
LUCINDE.
Ils semblent des figures de la Chine.
ARLEQUIN.
Monsieur Polichinelle en dépit de sa bosse
A soixante ans prit du gout pour la nôce,
Et malgré le conseil de ses meilleurs amis
Il s'embâta de cette jeune Iris,
Qui dans moins de six mois lui fit faire un
voïage ;

De vous dire en quels lieux ! Il ne m'est pas
  permis ;
Femme jeune , & jolie , à mari de cet âge
  Fait toûjours voir bien du Païs.

On voit un homme vêtu en Meunier, menant une femme sous le bras.

LEANDRE.

Oh , oh. Qu'est-ce que c'est que ce gros Cochon. Vóiez cette figure ! Je pense que c'est un Holandois.

ARLEQUIN.

Non : C'est un maudit Usurier ;
C'est Mr. Colin le Meunier ,
Et sa Meuniere Guillemette
Pendant le tems de la disette
Par d'injustes moïens ils se sont engraissez ;
Mais voiant qu'à présent leurs beaux jours
  sont passez.
Ils vont pour eux , & leurs semblables
  Retenir place à tous les Diables.

On voit un Vaisseau avec tous ses Pavillons, Girouettes , &c.

MARIANNE.

Ah, le joli petit Vaisseau! Dites nous ce qu'il y a dedans.

ARLEQUIN.

Je tiens dans ce Vaisseau que le vent nous
  ameine
Un Opéra de Porcelaine
Que j'ai fait venir du Japon ;
Je l'achetai gratis à la Foire derniere ,
Et comme vous vóiez , il vogue vent arriere
  Au vent de Tarare ponpon.

MARIANNE.
Un Opéra de Porcelaine n'est-il pas dangereux
qu'il se casse s'il venoit à tomber ?
ARLEQUIN.
Pour empêcher que ce malheur n'avienne
Mon soin chaque jour lui produit
Une grosse part de profit
De Comedie Italienne.
C'est le plus sûr moïen que jamais on aura
Pour conserver un Opéra.
Pierrot passe aprés que le Vaisseau a passé.
ANGELIQUE.
Ah, ah, & où va donc Pierrot ?
ARLEQUIN.
Ce n'est plus Pierrot, Madame; c'est l'Afficheur
de mon petit Opera, qui impatient d'arriver a pris
les devans pour m'avertir. Écoutez.
Pierrot dessent, s'avance sur le bord du Téâtre,
& chante.

Sauve qui pourra :
Voici l'Opéra.
L'on va voir parêtre
Gens de l'Orchestre ,
Chantres & Danseurs ,
Moucheurs de Chandelles ,
Plusieurs Demoiselles ,
Et les Gens des Chœurs.
Il vient du Japon
Faire un grand voïage
Que son Equipage
Jette un beau coton.
Il est leger

F iij

Les Soirées d'Eté,
Il peut surnager
En cas de n ufrage
Dieux ! le grand dommage,
Par un coup nouveau,
Si le Vaisseau
Et tout le Bagage
S'en vont à Vau l'eau.

ARLEQUIN.

Mon petit Opéra vient de débarquer, vous en allez entendre un échantillon. Allons petit Opéra paroissez, & soiez court de peur d'ennuier.

SCENE V.

DORIS, *& les Acteurs de la Scene précédente.*

DORIS *chante aprés que les Violons ont joüé une Ritournelle.*

Mirtil doux objet de mes vœux:
Vous ne répondez point à mon impatience.
Cessez de m'alarmer par une longue absence ;
Et venez soulager mes tourmens amoureux.
Loin de vous, cher Amant, tout me paroît afreux ;
Rien ne peut de mes maux calmer la violence;
Mais vous ne pressez point vôtre retour heureux !
Cruel est-ce donc là le prix de ma constance ?
    Mirtil, &c.

SCENE VI.

MIRTIL, & les Acteurs de la Scene précedente.

MIRTIL chante.

Dans ces aimables lieux
L'Amour belle Doris, prés de vous me r'apelle.
Je viens vous y jurer une ardeur éternelle,
Et soûmettre mon ame au pouvoir de L'Amour.
Mon cœur brûle pour vous d'une flâme constante
A vos attraits vainqueurs, il n'a pû résister :
Mon ardeur est si violente
Quelle ne peut s'augmenter.

DORIS.

Loin de vous, cher Mirtil, tout m'aflige & me gêne.
Le concert des Oiseaux,
Et le doux murmure des Eaux,
Ne font que redoubler ma peine.
Rien ne peut flater mes desirs
Sans vous, Helas! tout m'importune ::
Vous me tenez lieu de plaisirs,
De biens & de fortune.

ENSEMBLE.

Aimons-nous, aimons-nous sans cesse,
N'éteignons point de si beaux feux.
Que nos cœurs amoureux
Dans l'ardeur qui les presse
Forment toûjours les méme V.eux.

(*Les paroles de ce Dialogue sont de Mr. Dominique,
& la Musique de Mr. Marais le fils.*)

ARLEQUIN.

C'est assez chanté sur le ton sêrieux ; Venons
aux Airs gais. Et sur tout prenez garde Monsieur
& Mademoiselle l'Opera, d'éviter la médisance
dans vos Chansons.

(Les Violons joüent un Air sur lequel on chante.)

Quand je vois un Objet charmant
Avec un doux empressement
S'échaper avec son Amant ,
Je ne dis pas ce que je pense
Pour éviter la médisance.

(Le Chœur répete les deux derniers Vers.)

Lorsque je vois un pauvre Epoux
Qui malgré ses soupçons jaloux
Est obligé de filer doux ,
Je ne dis pas , &c.

Quand je vois un Amant badin
Qui dégouté sa Catin
Veut quitter l'Amour pour le Vin ,
Je ne dis pas , &c.

Quand je vois un Pere entêté
Destiner un âne bâté
A quelque charmante beauté ,
Je ne dis pas , &c.

Quand je vois une aimable Enfant
Assise auprés de son Amant
Avec un air indiférent ,
Je ne dis pas , &c.

Quand je vois des gens parmi vous
Se cacher comme des Hiboux
Dans les Loges de quinze sous.
Je ne dis pas , &c.

LEANDRE.

Mais, Monsieur, Est-ce que dans vôtre Opéra,
il n'y a ni Danses , ni Machines ?

ARLEQUIN.

Prenez-vous mon Opéra pour un Opéra de
Village ? Vous allez voir parêtre toutes les Figures que vous avez déja vûës. Et en même tems la
plus belle de mes curiosités.

SCENE DERNIERE.

LES ACTEVRS DE LA SCENE Précedente. Arlequin donne un coup de pied, le Diable d'Argent sort de dessous le Téatre. La Fortune est à ses côtés. En même tems toutes les Figures qui ont paru dans le nouveau Monde, entrent deux à deux par les côtés du Téatre.

ANGELIQUE.

QU'est-ce que c'est que ce gros vilain Oi-seau que je vois là dans ce fonds ?

ARLEQUIN.

Qu'apellez-vous ? vilain. Savez-vous bien de qui vous parlez ? C'est le Diable d'Argent, Madame.

ANGELIQUE.

Ah, ah, C'est là le Diable d'Argent ! Et cette grande Fille qui est à ses côtez.

ARLEQUIN.

C'est la Fortune sa Compagne fidelle. Ecou-tez-là jazer.

LA FORTUNE.

Voici l'ame de tous les Corps,
Et de tous les Amis, l'Ami le plus utile ;
Le ressort de tous les ressorts
L'Agent & le premier mobile
Par qui tout va dans l'Univers
Bien ou mal, droit ou de travers.
C'est lui qui met dans l'opulence,
Aux dépens de leur conscience,
Financier, Caissiers, Usuriers,
Trésoriers, Fermiers, Maltotiers,
Et tous ceux qui par injustice,
Au prochain portent préjudice.

Ambulans, Traitans, Partisans,
Tous honnêtes & bonnes gens;
Mais qui n'ont les bras enécharpe
Quand il faut joüer de la Harpe.
Tuteurs, Bonneteurs, Receleurs,
Qui pour les tours de Gibeciere
Ne demeurent pas en arriere.
Engeoleurs, Rogneurs & jeüeurs,
Et toute autre gens rapiniere
Dont les noms en Ans & en Eurs.
Riment à Brigands, & Voleurs.
C'est lui de qui le son s'explique
Bien mieux que fleurs de Rétorique;
Et sans lequel pour un Amant
Autant en emporte le Vent.
Lui seul dans toutes les affaires
Donne les secours necessaires:
Quoi qu'on veüille il en vient à bout
En un mot c'est lui qui fait tout . . . . .

ANGELIQUE.

Vôtre Diable d'argent est toûjours en mouvement! Faites-le un peu arrêter afin qu'on le voie.

LA FORTUNE.

De l'arrêter le secret est facile;
Mais on le païe chérement :
Sa vertu devient inutile
Si tôt qu'il perd son mouvement.

LEANDRE.

D'où vient que vôtre Diable d'argent n'a plus
de queuë :

LA FORTUNE.

C'est un éfet de la misére :
Pendant ce pitoyable tems
Chacun fait ce qu'il peut pour se tirer d'afaire;
Et par l'éfort de tant de gens
A qui le destin est contraire.
Cet unique recours des malheureux humains
Leur est demeuré dans les mains.

ARLEQUIN.

Allons, Mademoiselle la Fortune, pour finir le divertiſſement, faites voir à ces Dames que vous ſçavez faire autre choſe que jaſer.

Les Violons jüent un Menüe. La Fortune & le Diable d'argent danſent enſemble. Colin le Meunier danſe avec ſa Femme. Polichinelle avec ſa femme, &c. Enſuite on chante les couplets ſuivans.

Pour un Amant
A qui l'Amour cauſe des larmes
L'abſence eſt un cruel tourment
Mais aprés de rudes alarmes
Qu'un heureux retour a de charmes !
Pour un Amant

En Belle-Cour.
Il eſt aiſé de faire emplette
Quand le cœur en dit pour l'Amour,
Avec la Prude ou la Coquette
On trouve à pouſſer leur fleurette
En Belle-Cour,

Sous les Tillots.
On trouve peu d'humeurs rebelles
On y fait l'amour en repos
Et les beautés les plus cruelles
Ne vous paroiſſent jamais telles
Sous les Tillots.

Sur le Rempart
Maint tête à tête ſe propoſe
On y peut cauſer à l'écart
Quand on s'y promene à nuit cloſe
On gagne toûjours quelque choſe
Sur le Rempart.

De son Epoux
Femme qui sçait comment s'y prendre
M prise les transports jaloux
Un Cœur toûjours soûmis & tendre
N'est pas ce qu'elle doit attendre
De son Epoux.

Un Usurier
Prend toûjours & ne sçauroit rendre;
Ce sont les loix de son mêtier,
Que de monde on viroit s'y rendre
Si sur la Place on failloit pendre
Un Usurier.

Au Cabaret
Loin des Jaloux & de l'Envie
On joüit d'un bonheur parfait
Si ma métode étoit suivie,
On passeroit toute sa vie.
Au Cabaret.

De nos Chansons.
La Tournure est assez plaisante :
Nous en disons de cent façons ;
L'éfet remplira nôtre attente
Si le Parterre se contente
De nos Chansons.

Fin des Soirées d'Eté.

COUPLETS SUPRIMEZ.

SUr les Terreaux
Tous les soirs au clair de la Lune
Oficiers, Bourgeois, & Courtaux
Prés de la Blonde ou de la Brune
Trouvent quelque bonne fortune
  Sur les Terreaux.

Sur les Terreaux
A la fin de l'aprés-dinée
Les Marchands tiennent leurs Bureaux ;
Et dans cette grande assemblée
On voit renaître la Judée
  Sur les Terreaux.

Dans les Cafés
Brillantes comme fleurs nouvelles
Jeunes beautés vous triomphés;
Mais vous ne devez qu'aux chandelles
Cet éclat qui vous rend si belles
  Dans les Cafés.

Prés de Saint-Clair
Qu'il est doux d'être tête à tête!
  G

Et de respirer le bon air;
On y débite la fleurette,
Et l'on va fouler la Roquette
    Prés de Saint-Clair.

    Pour de l'argent
On aprivoise une Coquette
C'est le ressort le plus puissant :
Telle en Public fait la discrette
Qu'on reduit dans un tête à tête
    Pour de l'argent.

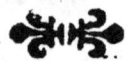

    A l'Opéra
Fille qui fait trop la sucrée
Tôt ou tard s'en repentira;
Mais toûjours Fille un peu rusée
Trouve sa fortune assurée
    A l'Opéra.

    Le bien d'autrui
Chacun le menage à sa guise :
Tel qui fait gogaïlle aujourd'hui,
Seroit reduit à la chemise
S'il vouloit rendre avec franchise
    Le bien d'autrui.

    Droit à Trevoux,
Le Marchand va dans sa disgrâce;

Tel fait le Milord parmi vous,
Qui fi l'on ne lui faifoit grace
Iroit bien-tôt prendre fa place
Droit à Trevoux.

F I N.

www.ingramcontent.com/pod-product-compliance
Lightning Source LLC
Chambersburg PA
CBHW070817260626
47161CB00006B/2320